Volker Grunow

Ein erwachsenes Baby

Volker Grunow

Ein erwachsenes Baby

Schonungslos autobiografisch

DEUTSCHE LITERATURGESELLSCHAFT

Die Deutsche Nationalbibliothek verzeichnet diese Publikation in der Deutschen Nationalbibliografie; detaillierte bibliografische Daten sind im Internet über dnb.dnb.de abrufbar. Die Schweizerische Nationalbibliothek (NB) verzeichnet aufgenommene Bücher unter Helveticat.ch und die Österreichische Nationalbibliothek (ÖNB) unter onb.ac.at.

Volker Grunow:
Ein erwachsenes Baby. Schonungslos autobiografisch
ISBN: 978-3-03831-217-8

Buchsatz: Danny Lee Lewis, Berlin: dannyleelewis@gmail.com

Deutsche Literaturgesellscht ist ein Imprint der
Europäische Verlagsgesellschaften GmbH
Erscheinungsort: Zug

Sie finden uns im Internet unter:
www.Deutsche-Literaturgesellschaft.de

Widmung

Das tolle Coverfoto hat mein Freund Andreas Gutowski zu verantworten, der mich auch weitgehend in computertechnischen Dingen begleitete.

Ein dickes Dankeschön ferner all den Skeptikern, die mir dennoch technisch und finanziell halfen!

Am wertvollsten waren mir jedoch der ermunternde Zuspruch meiner Psychologin und die Respekt zollenden, netten Worte des Verlages.

Zum Schutze der mithandelnden Personen habe ich einige Namen geändert.

Zarter Traum

Sei mein Baby schöne Lady,
schwach und mir ganz anvertraut!
Lass Dich einfach nur umsorgen,
von mir pflegen Deine Haut.
Ich wickle Dich in Windeln ein
und deck Dich zärtlich zu,
so kannst Du unbekümmert schlafen,
mein süßes Baby Du.

Vorwort

Ich wünsche mir eine Welt, in der vorurteilsfrei über ALLES gesprochen werden kann. Für mich gehört meine Neigung zur Autopädophilie dazu. Bitte nicht mit Pädophilie verwechseln! Einige Male sah ich mich schon wegen solcher Missdeutung unschönen Hasstiraden ausgesetzt. Deshalb auch hier die kurze Erläuterung, dass der Autopädophile sich an der Idee erregt, selbst wieder ein Kind oder gar mit allen Konsequenzen ein Baby zu sein. Und nicht etwa sexuelle Handlungen an Kindern ausübt.

Warum schreibe ich dieses Buch? Nun, mir hilft der offene Umgang mit dem Thema, Ängste abzubauen, die aber eigentlich aus nichts anderem als der Reflexion gesellschaftlicher Normen herrühren. Es ist neben der Lust, meine Lebensstory zu erzählen, auch eine Art Selbsttherapie.

Für mich war es früher immer ziemlich klar, dass fast alle dem Kleinkindalter entronnenen Menschen den sehnsüchtigen Wunsch verspüren müssten, wiedermal ein Baby sein zu dürfen. Ernüchternd musste ich im reiferen Erwachsenenalter lesen, zu einer Minderheit von 0,005 % der deutschen Bevölkerung zu gehören.

Inzwischen bin ich allerdings davon überzeugt, dass sich mit Zunahme der allgemeinen Pflegebedürftigkeit die Zahl derer erheblich erhöht haben sollte, die ihr vermeintliches Schicksal, inkontinent zu sein, in zumindest teilweisen Genuss ihrer entsprechenden Pflege und Betreuung umwandeln können, was durchaus bei einhergehender Regression als Indiz für autopädophile Gefühle gewertet werden dürfte.

Hier sei nur noch angemerkt, dass dies keine Lektüre für jedermann ist! Wer möglicherweise das Buch *Feuchtgebiete* von Charlotte Roche abstoßend findet, könnte nach meinem Gefühl vielleicht auch beim vorliegenden Newcomer vergebens den Zugang suchen. Diesen Bestseller der wunderbaren Autorin las ich nämlich wegen seiner mutigen Ehrlichkeit und der erfrischenden Normüberschreitungen mit Begeisterung und großem Vergnügen.

Er diente mir hierbei sogar als Vorbild!

Vorbestimmung im zarten Spiel

Es war im brandenburgischen Dorf Haage des Jahres 1960. Die Liegen wurden zum Mittagsschlaf hergerichtet. Sarah, eine niedliche Spielkameradin mit weißer Schleife im Haar, bot sich an, mit mir »Mama und Baby« zu spielen. Gern willigte ich ein. Sie bemutterte mich zärtlich, nutzte ihre Wolldecke als Windel für mich und deckte mich mit der meinen zu. Dann erinnere ich mich noch dunkel, dass die Kindergärtnerin unser Babyspiel unterband und uns zur Ruhe ermahnte.

Wir lenkten natürlich ein, doch keimte in mir eine süchtig machende Lust nach dieser Zärtlichkeit der besonderen Art, die mein ganzes Leben lang anhalten sollte.

Ich wurde dann auch wieder öfter nass, wodurch man mich zeitweise in die benachbarte Kinderkrippe zurückstellte.

Hier konnte ich es nochmal genießen, regelmäßig gewindelt zu werden. Auch ein Mädchen namens Helli wurde bei uns zu Hause engagiert, das meiner Mutter bei der meinem jüngeren Bruder und mir anzugedeihenden Babypflege half.

Von schiefer Bahn aufs rechte Gleis

Schon damals hatte ich offensichtlich einen gewissen Hang dazu, auch selbst Pflege und Fürsorge betreiben zu wollen. Das zeigte sich doch ziemlich deutlich, als der Weihnachtsmann unsere kombinierte Kindereinrichtung besuchte. Grummelnd trat er mit einem großen Sack voller Geschenke in die Mitte des Raumes und erkundigte sich, ob wir denn auch alle artig gewesen waren.

Voller Respekt vor dieser weißhaarigen wilden Gestalt presste ich ein zittriges »Ja« heraus. Der alte Mann hatte nun alle Hände voll zu tun, um jedem der lieben Kinderlein nach dem Vortrag eines schönen Liedchens das richtige Geschenk zuzuordnen.

Auf mich wirkte indes eine Babypuppe unwiderstehlich, die oben aus dem Sack herausragte. So schnellte ich wider meiner etwas moppeligen Natur hinter den Rücken des gutmütigen Greises zum Objekt meiner Begierde und verschwand mit dem Diebesgut genauso hurtig wieder hinter meiner Mama.

Damit löste ich allgemeines Gelächter aus und musste dafür besonders schön singen, um dann überhaupt noch Geschenke zu bekommen ...

Pawlowscher Reflex

Wenig später erinnere ich mich, einmal, knapp vierjährig, bei meiner Tante Wanda in Westberlin abgegeben worden zu sein, die mich ebenfalls aufgrund wiederholten Einnässens sehr liebevoll in Baumwollwindeln wickelte und eine Gummihose darüberzog. Ich genoss dieses Zelebrieren des Wickelns und nahm dabei wahr, dass nicht nur das Puder, sondern auch meine Tante unwiderstehlich roch!

Das wirkte sicherlich als zusätzlicher Anker auf mich, um meine Neigung zu manifestieren. So kamen wahrscheinlich auch bei Tante Wanda, die nie eigene Kinder hatte, mütterliche Glücksgefühle auf...

Entwicklung oder nicht?!

Mit etwa fünf Jahren war ich weitgehend trocken und bekam jetzt keine Windeln mehr an! So sollten meine infantilen Träume einige Zeit lang tief in mir schlummern und nur in Form flüchtiger Avancen wie etwa beim beliebten Spiel »Mutter, Vater, Kind« vorsichtig an die Oberfläche treten. Hierbei war es allerdings immer klar, dass ich die Rolle des Babys einnehmen würde. So konnte ich wieder einmal auskosten, wenigstens im Spiel umsorgt zu werden ...

Im Heim

Wegen Erkrankens meiner Eltern kam ich Ende 1964 in ein Kinderheim. Hier wurde ich wieder von meinem zarten Begehren eingeholt. Die Sehnsucht nach Geborgenheit ließ im für mich damals fernen Märkisch Wilmersdorf etwas in mir rebellieren, der ich ansonsten doch recht artig war:

Als Vorbild für mich betrachtete ich dort einen Jungen, der mit seinen sechs Jahren nachts Windeln benötigte. So tat ich ihm einige Male das Einnässen gleich, wurde aber selbst trotzdem nicht gewindelt! Diese Schlappe nicht einfach so hinnehmen wollend, kotete ich einmal sogar ein. Nach jener nächtlichen unfassbaren Tat trug es sich zu, dass ich mich vor Angst dann doch vom Bett in den Waschraum begab, um Schadensbegrenzung zu betreiben. Das blieb jedoch nicht unbemerkt. Es waren noch Mädchen der achten Klasse mit Vorbereitungen, für die am nächsten Tag geplante Faschingsfeier beschäftigt. So folgte mir die schöne sanfte Evelyn und half mir aus dem besudelten Schlafanzug, um mich dann überall gründlich zu säubern. Sie zog mir saubere Sachen an und legte mich dann ins Bett. Von da an pflegte ich eine wunderbare Freundschaft mit Evelyn, zumal sie den Erzieherinnen nichts verpetzt hatte!

Meine Rebellion schlug nun nämlich doch eher in Scham um ...

In freudiger Erwartung

In Haage schien nach meiner Rückkehr ein Babyboom ausgebrochen zu sein. Am anderen Ende des Dorfes war es eine Arbeitskollegin meiner Mutter, die einen Sohn gebar und im nachbarlichen Doppelhaus erblickten gleich zwei Mädchen das Licht der Welt. Grund genug für mich, inzwischen achtjährig, der dortigen Babypflege jeweils so oft wie möglich beizuwohnen.

Immer wieder faszinierte mich die dabei stattgefundene liebevolle Hinwendung der Mütter zu ihren kleinen hilfsbedürftigen Wesen und das wonnige Genießen beider Parteien, einen Zustand von unangenehm und nass zu sauber, gut duftend und trocken zu erzielen. Es war für mich jedes Mal fast, als legten die Frauen mich selbst trocken …

Nun fand ich auch in den Schubladen des Kinderzimmerschrankes unsere Windeln wieder! So hüllte ich mich meistens zur Nacht erneut in diese, um dann selig einschlummern zu können. Einige Male transferierte mich dann mein Vater als Wickelkind in mein eigenes Bett, da ich vorher auch den im Wohnzimmer befindlichen Fernseher zum Einschlafen nutzte. Das wiederum empfand ich als peinlich.

In diese Zeit fiel auch die Begebenheit, dass mich einmal die befreundete Kollegin meiner Mutter durchs etwas geöffnete Fenster beim Wickeln beobachtete und sich mit tiefer Stimme als Weihnachtsmann ausgab. »Der Weihnachtsmann sieht alles.«, grummelte sie und ging weiter. Das hatte ich nun gar nicht bedacht, dass der alte Zottelbart mich gottgleich stets belauschen konnte ...

1968 bahnte sich für mich ein absolutes Highlight an: Meine Mutter wurde nach zehn Jahren wieder schwanger! Und es kamen naturgemäß Babysachen ins Haus. Zu der Zeit erhielten wir auch oft die sogenannten Westpakete aus der Verwandtschaft, die häufig viele dieser Babysachen beinhalteten. Wir waren alle entzückt ob der niedlich kleinen Kleidungsstücke. Zu sichtlichem Erstaunen meiner Mutter wollte ich, inzwischen 11-jährig, immer nochmal die Mullwindeln gezeigt bekommen. Unsere Mutti musterte mich dann stets mit großen Augen und zeigte mir die Windeln noch einmal.

Bevor unser heiß ersehnter Nachkömmling da war, suchte ich noch mal besonders die Nähe meiner Mama, was sich etwa in folgendem widerspiegelte:

In unserem riesigen Garten war es immer selbstverständlich, dass wir Kinder bei der Pflege des ganzen Areals halfen. Nur fehlte mir doch ab und an etwas Motivation dazu. Da setzte meine Mutter, die ja übrigens der heutigen Bezeichnung entsprechend Grundschullehrerin war, einmal raffiniert ihr pädagogisches Geschick ein. Sie sagte zu mir und meinem jüngeren Bruder: »Wer von euch zuerst mit dem Verziehen seiner beiden Salatreihen fertig ist, darf heute Abend neben Mutti schlafen!«-Für mich, der ich sonst doch immer etwas träge daher kam, damals ein enormer Anreiz, meinem Bruder zu zeigen, was eine »Harke« oder in diesem Fall eine »Hacke« ist.

Selbstverständlich habe ich gewonnen.

Ein bis zweieinhalb »Babys« im Haus

Als dann endlich mein Schwesterchen da war, schaute ich immer gern zu, wenn es gewickelt wurde und war natürlich ein wenig neidisch. Auch das Säugen war jedes Mal ein Erlebnis für mich! So imponierte mir die Fähigkeit von Säuglingen, gleichzeitig saugen und schlucken zu können, sowie das putzig begierige Ringen nach Lebensenergie. Was wollte ich dafür geben, auch wieder so ein Baby sein zu dürfen ...

Meine beiden Brüder befassten sich, nur auf einer ganz anderen Schiene, ebenfalls mit der »Babymaterie«. Sie erlaubten sich einmal folgenden Spaß: Der seinerzeit 10-jährige Paul legte sich derartig in den Kinderwagen, dass ob des Platzmangels die Beine rechts und links heraushingen. Nachdem das vermeintliche »Baby« zugedeckt wurde, schob mein älterer Bruder Eddy den Wagen kreuz und quer durch das Dorf, um unsere neueste »Errungenschaft« überall zu präsentieren.

Einige ältere Damen gaben zumindest vor, erstaunt zu sein, wie prächtig sich doch schon unser Nachwuchs in die Landschaft einfüge ... Noch 1969, im Geburtsjahr meines Schwesterchens, zogen wir nach Kirchmöser, bei Brandenburg. In dem nun eigenen Häuschen fanden wir alle jeweilige Nischen, um unserer Individualität weitere Prägung zu verleihen.

Die inzwischen etwas löchrigen Windeln wurden zunächst ausrangiert und kamen als Putzlappen in unsere vom Haus separierte Hühnerfutterkammer. Dorthin zog es mich logischerweise öfters, um mich wiederum in die schönen weichen Windeln zu hüllen. Da diese Babywindeln für mich inzwischen zu klein waren, bildete ich nun aus vier Exemplaren ein Quadrat, welches ich dann zu einer ordentlichen Dreieckswindel umklappte.

Später professionalisierte ich das Ganze, indem ich die Windeln zusammennähen ließ. Eine rechteckig gefaltete diente, wie es sich gehört, als Zwischenlage. Ich möchte nicht zu detailliert darauf eingehen, um zu vermeiden, womöglich der Pornographie bezichtigt zu werden, doch halte ich es für unabdingbar, auf meine dabei stets stattgefundene sexuelle Erregung hinzuweisen. Mein merkwürdiger Fetisch soll ja für jeden Leser nachvollziehbar sein!

Und diesen Erregungszustand wollte ich dann immer wieder einmal herbeiführen ... Zum diesbezüglichen Höhepunkt kam ich allerdings zunächst noch nicht. Der stellte sich erstmals ein, als ich einmal gewindelt und mit einem übergeworfenen Regencape bei entsprechendem Wetter mittels unseres Angelkahns auf den See fuhr, wo ich mich in den Schilfregionen besonders unbeobachtet fühlte. Zur ergänzenden Tarnung fischte ich nebenher.

Bis dato hatte ich noch keine Vorstellung davon, was eigentlich ein Orgasmus ist. Dennoch führte ich nun unwillkürlich einen herbei, indem ich das Regencape zwischen die Beine hindurch um meine Windeln schlug und vor Anspannung heftig an der ganzen Verpackung rieb. Dabei löste das Gummi eine erheblich verstärkende sexuelle Erregung in mir aus. Unschuldig »aus dem Tal der

Ahnungslosen« kommend schockierte mich das Resultat ein wenig …

Der zunächst wohlige Part dieser Erfahrung trug dazu bei, kurz darauf das Babygefühl authentischer zu gestalten, indem ich zwei Windelspreizhosen der damaligen Marke »Babychick« derartig miteinander verknüpfte, dass ich eine mir einigermaßen passende Gummihose erhielt und ich diese dann über meine Windeln knöpfen konnte.

Schon bald wagte ich, meine improvisierte Windelpackung ihrem Zweck entsprechend zu benutzen. Die Freiheit genoss ich sehr, beschränkte diese jedoch gleich nur noch auf das Einnässen, um einer erträumten künftigen potentiellen »Ersatzmami« nicht zu viel zuzumuten.

Es sollte nur noch an der Auslaufsicherheit gearbeitet werden, da die Stoffwindeln die manchmal recht große Flüssigkeitsmenge nicht vollständig aufsaugten und die Bein- beziehungsweise Hüftabschlüsse der Gummihosen natürlich nicht optimal meinem Körper angepasst waren …

Nun, das ist eben meine Sexualität …

Ich denke, dass noch mehr Menschen meinesgleichen diese Neigung ausleben und auch dazu stehen sollten. Es ist doch im Grunde nichts anderes als ein Zulassen einer speziellen Form der Zärtlichkeit.

Warum müssen denn die meisten Männer vorgeben, so hart und gefühlsunterbetont zu sein? Da find ich doch wirklich mal den Slogan der Milka-Werbung klasse: »Trau Dich, zart zu sein!«.

Ich persönlich stehe sogar dazu, manche melodisch zarten Lieder zu mögen, die als Schnulzen verschrien sind.

Okay, Heavy Metal ist auch nicht zu verachten. Aber viele von uns tragen doch andererseits diese Sehnsucht nach Harmonie und Weichheit in sich! Und ich meine, dass niemand, der sich traut, dieses oder solch zarte Gelüste wie die meinen zu offenbaren, deswegen in irgendeiner Form diskriminiert werden sollte. Anderenfalls macht sich meiner Ansicht nach die Gesellschaft mit daran schuldig, wenn bei permanenter Unterdrückung unserer eigentlich harmlosen Neigungen andere sexuelle Auswüchse zutage kommen, die wirklich strafbar sind.

»Ich will doch nur spielen«

Ein Wahnsinnssong der bezaubernden Annett Louisan.

Dieser Liedanfang lässt sich besonders gut auf mich in vielfältigen Deutungen übertragen. Zum Einen bin ich leidenschaftlicher Skat- und Schachspieler, ich spiele aber auch viel mit sonstiger Kommunikation. So meine ich zum Beispiel etliche Sachen, die ich von mir gebe, ironisch, was jedoch leider des Öfteren missverstanden wird ...

Natürlich ist auch das praktizierende Umsetzen meiner Babyfantasien als Rollenspiel zu betrachten. Und »ich tu doch nichts« (Schlimmes) ...

Arrogant oder schüchtern?

Ich bin ein ziemlich zurückhaltender Mensch.

Mancher deutet das als Unwille meinerseits, mit meinem Gegenüber kommunizieren zu wollen. Komplett das Gegenteil ist meistens der Fall! Nur bin ich tatsächlich sehr schüchtern. Das resultiert sicherlich aus der Erfahrung, im Leben oft missverstanden worden zu sein beziehungsweise war ich bislang auch bedacht, mein kleines Geheimnis auf gar keinen Fall auch nur ansatzweise einer fremden Person gegenüber zu lüften ... Inzwischen sehe ich das anders.

Auch wird mir gelegentlich nachgesagt, ich sei zu ernst und verbittert. Das überrascht mich jedes Mal. Wer mich näher kennt, weiß auch, dass ich eigentlich die kindliche Albernheit gepachtet habe und mir mitunter recht witzige Pointen gelingen können. Nur meine Schlagfertigkeit während eines flüssigen Gespräches lässt manchmal etwas zu wünschen übrig. Nun, ich bin ja ein »Baby« und sicher noch entwicklungsfähig ...

… aber doch auch volljährig

Vor einigen Jahren bemühte ich mich schon einmal um einen Vormund, weil ich meinte, meine »administrativen Angelegenheiten nicht bewältigen« zu können, wie ich das Problem im entsprechenden Antrag beschrieb. Doch war ich mal wieder zu ehrlich und verbaute mir die Chance auf Durchsetzung meines Ansinnens bereits mit meiner relativen Wortgewandtheit in dem Schreiben, sodass man meine eingeschränkte Bewältigungsfähigkeit des Alltags nicht als glaubhaft erachtete.

Harte Realität

Hab so große Hände
und bin doch kein Mann.
Lass mich gerne wickeln,
nachts so dann und wann.
Hab so große Füße,
strample, wenn ich nass
lieg in meinem Bettchen,
das Baby braucht jetzt was …

»Herr Müller-Lüdenscheidt,

die Ente bleibt in der Badewanne.«

Mit solchen oder ähnlichen Pamphleten erfreute uns oft der Meister des intelligent dargestellten Unfugs Loriot und strapazierte unsere Lachmuskeln. Für mich war und ist es jedoch Realität, dass ich mein Quietscheentchen genauso zum Baden brauche wie meinen Kuschelteddy zum Schlafen.

Das gehört nun mal zu meiner Persönlichkeit und soll auch immer so bleiben.

Annegret Kramp-Karrenbauer

Was für ein Name, was für eine Frau!

Sie scheint also unsere neue Mutti der Nation zu werden.

Einen weiblichen CDU-Vorsitzenden würde ich selbstverständlich sowieso bevorzugen ...

Es wäre mir eine große Freude, wenn nun bald recht viele Moderatoren den tollen Namen Annegret Kramp-Karrenbauer aussprechen müssten und sich AKK auch gerade für solche »Randfichten« wie mich einsetzen würde!?!

Dass sie also gegen die Diskriminierung seltsamer Lebewesen kämpft und diese beschützt ...

Nachtrag: Inzwischen sehe ich mich diesbezüglich etwas enttäuscht. Ich wusste anfangs nicht, wie konservativ doch diese Frau in mancherlei Hinsicht eingestellt ist ...

Doch zurück ins Brandenburg der Siebziger.

Handel und Wandel

Mit der Zeit verschliss mein »Babyequipment« – zu welchem übrigens inzwischen unter anderem auch Schnuller und Fläschchen gehörten – immer wieder mal. Es waren oft neue Windeln und von Zeit zu Zeit auch Gummihosen, die schnell mal an den Druckknöpfen oder Nähten ausrissen, zu kaufen.

Mein Windelverschleiß war recht hoch, was sich daraus erklärt, dass ich nur sehr selten die Möglichkeit hatte, die Windeln unbemerkt zu waschen.

Zwar bedurfte es erst wieder eines gewissen »Inkontinenztrainings«, um ab und zu ein Einnässen zu erzielen, doch fand auch fast jedes Mal durch meine bereits erwähnte sexuelle Erregung eine Beeinträchtigung der Windeln statt. Danach ließ ich meistens das »Korpus Delikti« im Plumpsklo oder in der Sammelgrube verschwinden.

Da mein relativ karg bemessenes Taschengeld es nicht immer hergab, alles neu zu kaufen, suchte ich durchaus wilde Müllkippen, die es in den siebziger Jahren noch häufig gab, nach meinen Begehrlichkeiten ab.

Na ja, die Ausbeute war mager und oft nicht von akzeptabler Qualität ... Unterdessen entdeckte ich bei einem durch das Gelände der damaligen

Bezirksnervenklinik Brandenburg-Görden abgekürzten Spaziergang einen Lattenzaun, an dem einige Gummihosen in Erwachsenengrößen, wohl zum Trocknen und Auslüften, hingen! Unter anderem liefen dort jedoch Krankenschwestern ziemlich hoch frequentiert herum, weshalb ich mich dann doch nicht traute, meine Triebe über Recht und Ordnung siegen zu lassen ... Wenn, dann wäre das sowieso nur was für später, da diese Windelhosen meine damalige Konfektionsgröße weit übertrafen. Beim Neukauf des Equipments genoss ich die Abwicklung des Handels mit den oft hübschen jungen Verkäuferinnen. Mein Herz pochte wie verrückt währenddessen und manchmal brachte ich mein Begehr nur mit zittriger Stimme heraus. Trotz des allmählichen Erwerbs einer gewissen Souveränität in diesen Dingen konnte ich aber mein Lampenfieber beim Neueinkauf bis heute nie vollständig ablegen.

Zum Schweigen verurteilt

»Sowas interessiert doch keinen«,
sagt die wunderschöne Frau
»Ich will davon gar nichts wissen«,
so der Kumpel dort vom Bau.
Gemieden werde ich von vielen,
denn mit Autopädophilen
hat kaum einer was am Hut.
Und dabei tät es wirklich gut,
einfach nur einmal zu reden,
mit ihr, mit ihm, ach ruhig mit jedem!
Für diese Normreform jedoch,
bedarf es Weltveränderung noch ...

Ich und mein Umfeld

Mein »Steckenpferd« schlummerte lange als Geheimnis tief in mir, denn ich merkte, dass derartiges nicht ins Normenverständnis meines Umfeldes passte. So versteckte ich meine Neigung so gut es ging und sprach lange Zeit mit niemandem darüber.

Nichtsdestotrotz kam es nun vor, dass ich tatsächlich durch Fehleinschätzung von zeitlichen Abfolgen oder auch durch angstbesetzte Träume, etwa ein bis zwei mal im Jahr unwillkürlich einnässte. Anlässlich eines solchen Vorkommnisses wurde nun verstärkt mein allabendlicher Toilettengang kontrolliert. Zunächst war es mein Vater, der mich einige Male zum »Thron« hin geleitete.

Als ich bald darauf, etwa 13-jährig, meine Großeltern besuchte, passierte es wieder: Ich erwachte morgens in zwar recht warmer, aber völlig durchnässter Nachtkleidung und fand mich auch sonst in sehr feuchtem »Biotope« wieder. Als Konsequenz musste ich fortan jeden Abend unter meiner

Omas Augen in einen Eimer strullern. Meine dort ebenfalls gerade weilende Cousine Reni übernahm dann bald darauf diesen spannenden Aufseherposten …

Irgendwann ließ ich mich dazu hinreißen, meiner Schwester Wenke ganz unverfänglich anzubieten, sie, trotzdem sie schon trocken war, nochmals zu windeln. Sie willigte ein, wohl, weil sie es als nichts Außergewöhnliches empfand, mit ihren nun knapp zwei Jahren noch mal gewickelt zu werden. Aber schon wenig später fühlte sie, dass mit ihrem Bruder etwas eigenartig ist. So brachte sie bald ihr Unbehagen zum Ausdruck, wenn ich wieder mit solch einem merkwürdigen Ansinnen um die Ecke kam. Als ich das merkte, lenkte ich sofort ein und unterließ jegliche in diese Richtung verlaufenden Kontaktierungen meiner Schwester. Inzwischen hatte allerdings mein Vater von der Sache Wind bekommen und ohrfeigte mich dafür vor der am Esstisch versammelten Familie. Damals konnte ich gar nicht erfassen, überhaupt ein Fehlverhalten begangen zu haben.

1974 begann ich eine Ausbaufacharbeiterlehre und zog bald darauf in das entsprechende Lehrlingswohnheim, welches sich zufälligerweise in dem mir schon gut bekannten Ortsteil Brandenburg-Görden befand.

Hier war ich zunächst im Handlungsspielraum, meinen besonderen Gelüsten nachzugehen, sehr eingeschränkt. Im Sechsbettzimmer mit halbwüchsigen Burschen vom Bau waren autopädophile Anwandlungen ein wenig fehl am Platze ... Dennoch ergaben sich auch hier, nämlich wenn die Mitbewohner gerade nicht da waren, gewisse Gelegenheiten, mein Faible zu pflegen. In der Zeit, als die anderen Jungen wegen ihrer von meiner abweichenden Lehrberufsstruktur zum praktischen Turnus nach »jotwede« (janz weit draußen), wie der Berliner sagt, mussten, verwendete ich – das Zimmer nun allein bewohnend – zur Nacht die damalig sogenannten Endloswindeln. Ich erträumte mir dabei oft, von unserer dortigen wunderhübschen Lehrpädagogin Frau Milde gewickelt zu werden.

Für Ordnung, Sauberkeit und Disziplin

Entsprechend legte ich ein sehr diszipliniertes und ordentliches Verhalten im Lehrlingswohnheim an den Tag.

Das war ein wenig wider meiner Natur, doch war mir ein zärtliches, wohlwollendes Kommunizieren mit Frau Milde Anreiz genug, mich zusammenzureißen. In meiner Fantasie betrachtete ich sie durchaus schon als meine »Windelmami«.

Tatsächlich wurde ich im zweiten Lehrjahr bei einem Fahnenappell als Zweitordentlichster des etwa Hundert Lehrlinge beherbergenden Heimes mit dem Buch »Des Pudels Kern« prämiert! Im Einband stand von Frau Milde handgeschrieben (!):

»Für gute Ordnung, Sauberkeit und Disziplin.« Das war natürlich eine Freude für meine Mama ...

In meiner Jugendzeit war das ein wertvolles, weil damals recht seltenes, Erfolgserlebnis!

»Einer ist immer der Loser«

Dieser wohlklingende melancholische Song von Stephan Remmler ist wieder einmal fantastisch auf mein Leben übertragbar.

Ich habe schon sehr oft verloren.-Im Spiel, in der Liebe, bei diversen Wettkämpfen, finanziell, in der Schule und im Beruf.

Es ist jedoch keine hohle Phrase, wenn ich behaupte, dass mich besonders diese Niederlagen sehr positiv geprägt haben!

So bin ich zum Beispiel ein verständnisvoller Zuhörer für andere Pechvögel dieser Welt geworden, und ich habe mir auch ein recht starkes Kämpferherz zugelegt.

Urvertrauen

»Du bist ein Versager!
Auf der Arbeit und in der Schule gibst Du Dir Mühe,
doch die Anstrengung lohnt sich nicht.
Du kommst an die Leistungen der Anderen nicht heran!«
Lieber Freund,
wenn es niemanden gibt, der Dir etwas zutraut-
ich traue Dir alles zu!
Glaub nur fest an Dich und lass die anderen reden,
so wirst Du nach und nach alles erreichen.

Nun, ich hab es eben bis zum »Baby« gebracht. Auch nicht schlecht!

Etwas mehr Raum für die Verwirklichung meiner »Säuglingsträume« fand ich dann, um noch mal in die Lehrzeit einzutauchen, wieder an den Wochenenden und im Urlaub, wenn ich zu Hause war.

Kurz nach der Lehre kam ich mit meinen 18 Jahren trotz der tatsächlichen ganz leichten Blasenschwäche und der autopädophilen Anwandlungen zur Armee! Von dieser bizarren Neigung wusste ja kaum jemand etwas, beziehungsweise glaube ich, dass meine Eltern es schon bemerkten, jedoch als Tabuthema für sich totschwiegen und auch nicht für wahrhaben wollten.

Beim Militär war es natürlich besonders schwierig, meinem Faible Raum zu geben. Im Prinzip fand das Ganze nun nur als »Kopfkino« statt. In meinen Träumen aber war das »Baby« in mir weiterhin sehr präsent! Und die Gedanken daran erregten mich mitunter so stark, dass sie sich im sexuellen Höhepunkt entluden. So fand man bei einer Zimmerkontrolle unter meinem Kissen entsprechend beeinträchtigte Tücher und Kissenbezüge. Grund genug für Politoffizier Hauptmann Leitlauf, mich beim Morgenappell vor der Truppe mit derben Worten, die ich hier nicht wiedergeben möchte, zu demütigen.

1978 war es endlich soweit, dass mich die zivile, doch etwas freiere Welt, zurückbekam.

Wachsender Mut zur Regression

Inzwischen durfte ich auch bereits in den Urlauben und Freigängen »normale« sexuelle Erfahrungen sammeln. Jedoch hatte ich es immer etwas schwerer als andere, beim weiblichen Geschlecht zu punkten. Zwar traute ich mich anfangs gar nicht, mich bei den jeweiligen Freundinnen zu outen, doch war ich den meisten jungen Frauen anfangs zu schüchtern und dann während der Beziehung als »Mann« zu »kuschelbedürftig«, was natürlich indirekt mit meiner Neigung zu tun hatte. Eine bestimmte Sorte Frauen jedoch fand mich auch sexy!

So gab es unter anderem Conny, die diesen besonders mütterlichen Fürsorgeinstinkt in sich trug. Unsere Liebe brannte lichterloh und sie gab mir schon bald regelmäßig die wunderschön geformte Brust, die ich dann ausgiebig benuckeln durfte. Nur ließ ich mich wohl, ohne vorherige Ankündigung, ein wenig zu weit in die »Babyrolle« fallen, sodass dies selbst der Conny suspekt vorkam und sie einen Schlussstrich unter unsere Beziehung zog.

Abnabelung

Für mich war der Verlust dieser ersten wahren Liebe seinerzeit Grund genug, in den Hungerstreik zu treten, da ich meinte, nur mit dieser Freundin glücklich werden zu können. Eine gute Woche lang nahm ich nichts zu mir, putzte mir aber trotzdem regelmäßig die Zähne, um es besser aushalten zu können. Dann überzeugte mich ein Arbeitskollege, dass es das Ganze nicht wert sei, mein Leben an den Nagel zu hängen und ich begann wieder, meinem inzwischen als Maler schwer arbeitenden Körper seine erforderliche Energie zuzuführen.

Parallel dazu verließ ich zu jener Zeit mein Elternhaus, weil ich nach meinem damaligen Empfinden auch dort keine Zuwendung mehr erhielt. Na ja, ich war jetzt 21 oder 22 Jahre alt und es widerstrebte wohl dem Vorstellungsvermögen meiner »Oldies«, dem kräftig gewachsenen Sohne eine so sensible und noch Geborgenheit benötigende Wesensart zuzugestehen.

Ich begab mich nun, weil ich mich, in erster Linie wegen des Verlustes meiner Freundin, seelisch sehr ausgelaugt fühlte, zur Bezirksnervenklinik Brandenburg-Görden, um dort wenigstens etwas Beistand zu erhalten.

Gewisse Kontakte zu der Einrichtung waren bereits durch anders motivierte ambulante Vorstelligkeiten vorhanden, sodass ich ein zwar nicht absolutes, aber doch ausreichendes Vertrauen aus Kirchmöser mitbrachte.

Zunächst vermied man noch, obwohl ich jetzt keinen festen Wohnsitz hatte, mich dort einzuweisen. Jedoch konnte ich bei meinen im näheren Umkreis befindlichen Verwandten und anderen Schlafstellen nur jeweils für eine gewisse Zeit unterkommen. So landete ich schließlich doch stationär in der sagenumwobenen »Klapsmühle«, wie die Nervenklinik liebevoll vom Volke genannt wurde. Hier bekam ich am Rande mit, dass einige Bewohner meiner Station das Glück hatten, in vom normalen Schlafsaal separierten Zimmern nachts gewindelt zu werden. Ich gehörte nicht dazu! Die Zeit befand ich damals noch nicht für reif, nun als Erwachsener mein entsprechendes Begehren oder etwa eine vermeintliche Inkontinenz zu offenbaren.

Ambitionen »im Görden« zu arbeiten

Wenn man keine Lust hatte, die Nervenklinik »Klapsmühle« zu nennen, war es durchaus auch gängig, sich dort abspielende Handlungen mit den Worten »im« oder »auf dem Görden« zu lokalisieren.

Jedenfalls kam mir zu Ohren, dass meine Exfreundin Conny dort eine Ausbildung zur Krankenschwester begann!

Gleichzeitig stellte ich bei mir ein besonderes Talent dafür fest, mit den anderen Patienten kommunikativ gut umgehen zu können.

So brauchte ich nur eins und eins zusammenzählen, um zu erkennen, dass ein umgehendes Bewerben als Pflegekraft der Bezirksnervenklinik angezeigt sei! Doch leider vertraute ich mich diesbezüglich unserem Stationspfleger Herrn Dähne an. Und tatsächlich widersprach dieser meiner Ansicht, mich für diese Profession zu eignen. Das fand ich unglaublich! Sicher hatte es auch damit zu tun, dass ich selbst dort als Patient geführt wurde.

Ich unterließ es schließlich, auf diese Weise den inzwischen eigentlich schon überwundenen Verlust meiner einstigen Conny mutmaßlich neue Schmerznahrung zuzuführen und verzichtete lieber auf die Bewerbung.

Inzwischen bin ich auch während einer Therapiesitzung belehrt worden, dass man unter Umständen seine Liebe durch Verzicht auf eine Weiterführung der Beziehung zeigen könne, so es denn für den Partner besser ist.

Eine neue Freundin ist wie ein neues Leben

In dieser Einrichtung dort fand eines Tages eine Disko statt, auf der ich prompt eine weitere Freundin fand. Sie war die Einzige, die nicht derartig mit Medikamenten sediert wurde, dass es unmöglich war, sich zum Tanzen auf den Beinen zu halten. So kam ich ihr näher und es wurde eine länger anhaltende Partie daraus.

Während eines gemeinsamen Urlaubsaufenthaltes in einer Bungalowsiedlung hatte ich mich etwas später dann wirklich meiner neuen »Flamme« gegenüber erstmals geoutet!

Überhaupt beschloss ich von nun an, zumindest angehenden Freundinnen gegenüber, gleich »die Karten offen auf den Tisch zu legen«. Das fand ich fairer und für mich auch leichter zu handhaben, als etwa erst nach Vertiefung der Liebesbeziehungen im »bösen Erwachen« meiner Angebeteten ein jähes Ende der Partnerschaften herbeizuführen.

Ein bisschen hatte das Ganze sicher auch schon mit Exhibitionismus zu tun. So endete zwar manches zunächst aussichtsreiche Stelldichein, bevor es überhaupt richtig angefangen hat, doch konnte ich mich dann unbekümmerter auf die verbliebenen Beziehungen einlassen.

Am 1.Juni 1981 schließlich bat ich meine Freundin Beate aus der »Klapsmühle«, mich anlässlich des Kindertages zur Nacht zu windeln. Und sie tat es! Obgleich sie zum Ausdruck brachte, mein Begehren nicht recht nachvollziehen zu können.

Ich war ihr sehr dankbar und heiratete sie dafür.

Doch kein Kosmonaut

Nun in Potsdam lebend suchte ich nach einer beruflichen Herausforderung. Nachdem ich erst einmal durchaus eine gute Figur bei der damaligen Reichs- und Anschlussbahn machte, fühlte ich mich jedoch plötzlich zu höherem berufen!

Damals meinte ich, trotz des noch nachzuholenden Abiturs, das Potenzial für ein Gerontologiestudium zu besitzen. Zu diesem Zwecke stellte ich mich zunächst vorsichtig auf die erste Stufe der Karriereleiter, indem ich einen Hilfspflegerjob annahm. Wie es der Zufall so wollte, war es eine urologische Station, der ich nun angehörte. Zwar hatte ich als Quereinsteiger wegen recht geringfügiger medizinischer Vorkenntnisse einen schweren Stand, doch war ich für bestimmte Arbeiten gut zu gebrauchen und durchaus begehrt. So verwandt man mich zum Beispiel gern für die zu realisierenden Intimrasuren, die vor jeder urologischen Operation nötig waren. Okay, in einem Fall ist mir mal ein »kleiner Fingerfehler« unterlaufen: Wegen der Ähnlichkeit zweier Namen rasierte ich in den damals noch oft verwandten Mehrbettzimmern einen falschen Patienten.

Dieser nahm es zum Glück mit Humor und stimmte ins Gelächter des Personals mit ein. Ich glaube, mein Gesichtsausdruck trug dazu bei, der etwa dem von Dynamit-Harry aus der Olsenbande entsprochen haben muss, wenn er eine völlig fehlgeleitete Detonation zu verantworten hatte ...

Leider durfte ich dort nur Männer rasieren, was aber durchaus auch eine positive Seite hatte: Später sollte sich nämlich herausstellen, dass meine Neigung betreffend mitunter Interaktionen mit dem eigenen Geschlecht Vorteil bringend sein können, wofür nun durch solch häufiges Agieren im männlichen Intimbereich die Hemmschwelle ein wenig herabgesetzt wurde ...

Meine Medizinerkarriere indes erwies sich leider als Sackgasse, da ich unter anderem an der Abendschule lediglich ein Teilabitur erzielen konnte.

Wieder zwei »Babywelten«

Inzwischen bekamen wir unsere Tochter Anne und es waren somit mal wieder Babysachen, inklusive Baumwollwindeln, im Hause. Nun war es im Gegensatz zu früher weniger mein Begehr, bei der Pflege unserer süßen Prinzessin zuzuschauen, als das unwiderstehliche Verlangen, abermals selbst ein »Windelbaby« sein zu wollen, zumal meine Frau nach der Entbindung kaum noch herkömmlichen Sex mit mir haben mochte. Ein letztes Mal ließ sie sich darauf ein, mich zu wickeln, dann aber war Eigeninitiative angesagt.

Um die Authentizität zu verbessern, benutzte ich von nun an auch regelmäßig meinen Schnuller ...

Die Ehe entwickelte sich leider auch sonst problematisch, was sicher ebenfalls dazu beitrug, dass ich mehr und mehr wünschte, wieder wirklich ein »Baby« zu sein. Bereits im Winter von 1983 zu 1984 reichte ich dann die Scheidung ein, welche im Sommer des Jahres 1985 vollzogen wurde.

Wo ist meine Mami?

Es zeichnete sich andererseits immer mehr ab, dass ich für meine autopädophilen Fantasien die Beziehung zu weiblich mütterlichen Geschöpfen brauchte. (Eine Suche nach meiner biologischen Mama kam mir dabei in dem Kontext allerdings nicht in den Sinn.)

Derartige »Ammen« fand ich für mich auch immer wiedermal, wodurch ich die Frauen unter anderem mehr und mehr glorifizierte.

Es sind doch auch fantastische Wesen, nicht wahr!?

Ich assoziierte das sich Einlassen der Frauen auf ihre »Mamirolle« immer mit bedingungsloser Liebe, was meint, dass meine vermeintliche Inkontinenz toleriert wird und ich mit typisch weiblicher Zuwendung umsorgt werde.

Einen Höhepunkt dieser hingebungsvollen Beziehungen durfte ich während einer circa ein Jahr lang andauernden Partnerschaft um 1995/96 erleben. Meike, meine damalige Freundin und Klassenkameradin einer gemeinsamen Altenpfleger-Ausbildung, wickelte mich monatelang allabendlich und zelebrierte das Ganze unter anderem mit dem Cremen und Pudern so liebevoll, dass ich ein wenig Mühe hatte, meine Erregung dabei im Zaum zu halten. Wenn ich dann nass war, legte sie mich wie selbstverständlich trocken. Auch an ihrer Brust durfte ich in Säuglingsmanier nuckeln oder sie gab mir alternativ das Fläschchen. Irgendwann jedoch war das meiner hübschen blonden Freundin, die auch gern mal mit anderen Männern flirtete, zu schizophren, ein »Baby« als ihren Liebhaber neben sich zu wissen und sie beendete folgerichtig unsere Partnerschaft. Dennoch sind wir gute Kumpel geblieben. Erwähnen möchte ich hier, dass sie diejenige war, die mir über 90 % meiner Baumwollwindeln zusammennähte, wovon ich heute noch zehre ...

Bin ich schwach oder nur ehrlich?

Ich gebe gern zu, dass es sich bei meiner Neigung irgendwie um eine »Schwäche« handelt – so, wie ich auch allgemein kein Problem damit habe, Unzulänglichkeiten einzugestehen! Doch sehe ich den Mut zu meinem Outing schon wieder als eine gewisse Stärke an.

Ich schätze, dass mancher vermeintliche Macho heimlich auch so einen oder einen ähnlichen Fetisch pflegt, es aber niemals zugeben würde ...

Es geht auch anders herum

Immer wieder bot ich auch mal einen Rollentausch an, der in einigen Fällen angenommen wurde und mir ebenfalls große Freude bereitete. Das brachte mich auf den Gedanken, dass ich die unter Insidern sogenannte »Babybehandlung« auch gewerblich betreiben könnte, worauf ich zu gegebener Gelegenheit noch zurückkommen werde.

Eröffnung einer neuen Welt

Mit der deutschen Wiedervereinigung erschlossen sich völlig neue Möglichkeiten, meinem »Steckenpferd« zu frönen. Es gab nun Sanitätsfachgeschäfte, in denen Inkontinenzprodukte für Erwachsene öffentlich erhältlich waren! Endlich konnte ich neben den viel zu kleinen knöpfbaren auch unter anderem schlüpferartige Gummihosen erwerben, die mir genau passten und damit die Auslaufsicherheit erheblich verbesserten. Nur richtig große Baumwollwindeln suchte ich, der die inzwischen offenbar stattgefundene Trendwende zu Wegwerfwindeln verschlafen hatte, zunächst vergebens. Erst viel später konnte ich ein überdimensionales Exemplar einer Baumwollwindel und dazu im Schritt knöpfbare Bodies meiner Größe über das Internet ordern. Wenige Male probierte ich zwar auch Einweg Pampers und später die Einmal-Pants aus, fand sie auch besonders beim Verreisen durchaus praktisch, doch gaben sie mir nicht so recht mein gewünschtes Babyfeeling. Ich möchte es noch spüren, wenn ich nass bin und sicher auch im Unterbewusstsein einen möglichst authentischen Bezug zu meinem früheren Babydasein herstellen …

So benutze ich weiterhin überwiegend meine zusammengenähten Stoffwindeln und fixiere diese dann nach alter Tradition mit einer Gummihose.

Die Zeichen der kapitalistischen Marktwirtschaft schnell verstehend, bemühte ich mich noch in den neunziger Jahren, die Marktlücke namens »Erwachsenenstoffwindeln« zu schließen und kaufte mir zunächst eine Nähmaschine.

»Es müssten sich doch noch mehr Leute die guten alten Baumwollwindeln zurückwünschen … «, sagte ich mir. Diesbezüglich schwirrten verschiedene Ideen in meinem hübschen Kopf herum, auf welche Weise ich wohl die Produktion der, wie mir inzwischen bestätigt wurde, doch noch vielerorts begehrten Mullwindeln, auch für Erwachsene ankurbeln könnte. Die einfach zusammengenähten Babywindeln waren und sind für meinen Eigenbedarf okay, doch wären die etwas wulstigen Nahtstellen sicher nicht jedermanns Geschmack und es sollten deshalb nun richtige Baumwollstoffballen geordert werden, die mindestens 1,20 Meter Länge aufwiesen, um dann die abgeschnittenen Quadrate rundherum zu ketteln.

Mithin, ich schaffte es bis heute nicht, dieses Projekt konsequent in die Tat umzusetzen, obwohl ich nun als Altenpfleger weiß, dass einige Pflegeeinrichtungen eine Abkehr von der Produktion der riesigen Pampers Abfallberge wünschen!

Also bin ich doch noch kein »ordentlicher« Monopolkapitalist geworden ...

Nun stieß ich auf die Annoncenvielfälterzeitung »Zweite Hand«, die unter anderem eine Rubrik für bizarrerotische Kontakte enthielt. Dort tummelten sich zu meiner Verblüffung tatsächlich Leute, die ähnlich wie ich oder gar viel extremer veranlagt waren. Das musste ich jetzt natürlich ausprobieren, auf diesem speziellen Kontaktforum spannungsverheißendes Neuland zu betreten. Ich genoss die Freiheit, beim Kreieren der Annoncen die meiner Neigung entsprechenden Suchkriterien in mich und natürlich möglichst auch die Frauen erregende Worte zu kleiden.

»Windelfetischistische oder inkontinente Frau gesucht, die ich gelegentlich verwöhnen darf. Rollentausch auch gern möglich!«,

lautete zum Beispiel ein solches Inserat.

Darauf erhielt ich sowohl von aufrichtig interessierten Frauen Feedback als auch neugierige Anrufe (ich war einer der wenigen Mutigen, die hier ohne Chiffrenummer agierten) von Vertretern aller möglichen Geschlechter, in denen teilweise

Unverständnis oder auch Verhöhnung ob meiner vermeintlichen Normüberschreitung über mich geschüttet wurde. Die wirklich aufrichtig Interessierten waren aber meist recht scheue Wesen, die sich oft am Ende doch um die leibhaftige Konfrontation drückten ...

Dass es sich bei meiner Neigung um »Autopädophilie« handelt, erfuhr ich aus dem Nachschlagewerk »Das große Buch der Perversionen« vom Beate Uhse Verlag. Beim Verfassen meiner Annoncen bedachte ich jedoch einige Male nicht, dass anderen Leuten das Wort »autopädophil« fremd sein könnte und diese Menschen allenfalls ungefähr wissen würden, was »Pädophilie« bedeutet! Das hatte zur Folge, dass ich ein paarmal wüst beschimpft wurde, wenn ich etwa laut Annoncentext »autopädophile Frauen« oder ähnliches suchte, weil man mir natürlich unterstellte, irgendwelchen Schweinkram mit Kindern veranstalten zu wollen ...

Es war und ist selbstverständlich nicht so!

Ich war jung und brauchte das Geld

Bei einer Zusammenkunft mit einigen befreundeten Klassenkameraden der Altenpfleger-Ausbildung ging es in Desirees Wohnung ein wenig feucht-fröhlich zu. Man schwelgte in gemeinsamen Erinnerungen der dreijährigen Ausbildung und sprach auch über leicht schlüpfrige Erotikthemen. Zur Förderung dieser Atmosphäre lag auch eine Beate Uhse Zeitschrift auf dem Wohnzimmertisch. Herkömmlicher Sex interessiert mich ja nicht besonders. Doch blättere ich immer gern in solchen Magazinen, um hoffentlich etwas über meine spezielle Neigung zu finden.

Das tat ich, so einladend wie der Glanzpapierköder mich anlachte, natürlich auch hier und wurde fündig!

Tatsächlich befasste man sich in einem Artikel mit dem Thema Windelfetischismus. Inzwischen recht ermutigt, mit meinem Faible relativ offen umzugehen – schließlich hatte ich ja allein schon in der Altenpflege auch beruflich bedingt Berührungsängste abgebaut-schrieb ich den Beate Uhse Verlag an, ob es wohl die Möglichkeit gäbe, sich gegen ein gewisses Entgelt während einer »Erwachsenenbabybehandlung« filmen zu lassen?

Wenig später antwortete der Verlag prompt, teilte mir jedoch mit, dass im Beate Uhse Imperium kein derartiges Filmmodell gesucht werden würde, ich aber durchaus beim Neuenbürger Katrin Lange Verlag auf diesbezügliches Interesse stoßen könnte.

In der Tat fand ich auf diesem Wege eine Insiderzeitschrift namens »Babygum«. Das mit dem Filmen verlor ich dann etwas aus den Augen, da es nun so viele spannende Annoncen zu bearbeiten gab ...

Außerdem musste ich feststellen, dass man seitens der Videodreher eher die Vorstellung hatte, jede Menge Geld durch den Verkauf bereits vorhandener entsprechender Filme einzunehmen, statt in neue Inszenierungen zu investieren.

Mein Bedürfnis mich mitzuteilen

Durch das Lesen im »Babygum« tat sich für mich nochmal ein großes Tor auf, hinter welchem ich unglaublich viel über mich selbst erfahren konnte und ich eine weitere meiner Neigung entsprechende Kontaktbörse fand.

Damit meine ich allerdings weniger gleichgesinnte Männer als doch eher Frauen, die ich zu kontaktieren suchte. Was dabei am Ende herauskam, ist wiederum eine andere Geschichte.

Immer mehr nun entwickelten sich auch exhibitionistische Anteile meiner Neigung. Mich erregte allein schon die Vorstellung, dass die Frauen meine Annoncen lasen oder auch, das telefonische Aufgeben der Inserate bei einer wohlklingenden Sachbearbeiterin.

Auch das Fernsehen wurde durch meine diversen, offenbar recht ansprechenden Kontaktanzeigen auf mich aufmerksam. So bekam ich dann bald Besuch von einem kleinen SAT.1-Kamerateam, um meine besonderen Impressionen für eine bevorstehende Sendereihe mit der berühmten Korrespondentin Dietlind Mondgucker zu beleuchten. Vermutlich, um die Kamerascheu ein wenig einzudämmen, wurde ich dann zu diversen Talkshows – aber natürlich nur in die Zuschauertribüne – eingeladen, was für mich eine interessante Erfahrung war und ich durchaus dazu nutzte, einige Wortmeldungen zu den recht unterschiedlichen Themen beizutragen. Leider entschied sich letztendlich die Moderatorin gegen die öffentliche Thematisierung meiner Neigung. So ging die Sendung, die sich wie schon Hunderte andere lieber drögen Alltagsthemen widmete, auch bald wegen zu geringer Einschaltquoten den Bach hinunter. Als Entschädigung für meinen entgangenen Auftritt erhielt ich unter anderem eine Videokassette mit der Story über ein anderes »erwachsenes Baby«. Man ermunterte mich noch, mehr Aussprachen – und zwar auch mit Männern – über mein besonderes Faible zu betreiben! Diesen Ratschlag fand ich nicht schlecht und beherzigte ihn auch schon im Vorfeld meines geplant bevorstehenden SAT.1-Auftrittes, obwohl ich durch die Kommunikation mit Vertretern des eigenen Geschlechtes über meine Neigung zu diesem Zeitpunkt relativ neues Terrain betrat.

Als Gesprächspartner wählte ich Max, den damaligen Arbeitnehmer meiner derzeitigen Gebäudereinigungsfirma, vor welchem ich geradezu damit kokettierte, ein »Baby« zu sein. Und er übernahm seinerseits manchmal – natürlich nur verbal – die »Mamirolle«.

Gesprächspartner Nummer zwei war in dieser Angelegenheit Günti, ein befreundeter Steuerberater, mit dem ich in etwas ernsterer, aber dennoch lockerer, Manier darüber sprach. Als Vertrauensbeweis lieh er mir dann später eine Weile lang seinen Dienstwagen, sodass ich unter anderem Einsätze innerhalb eines doch noch zustande gekommenen Nebengewerbes in Sachen meines Faibles realisieren konnte.

Mein Mitteilungsbedürfnis kam auch in diversen Psychotherapien zutage. Dabei musste ich feststellen, dass einige Therapeutinnen und Therapeuten sich im Umgang mit meiner Neigung schwertaten und auch nur wenig bis gar kein Wissen darüber besaßen. Zum Teil wurde mir geraten, meine Leidenschaft vor der Öffentlichkeit unbedingt zu verbergen oder ich wurde auch unterschwellig ein wenig dafür gemaßregelt, dass ich wagte, darüber zu sprechen. Anstatt meinen Mut zu würdigen, diese für mich hohe emotionale Hürde bewältigen zu wollen, wurden meine Schilderungen als etwas lediglich Beschämendes verunglimpft! Das hat mich teilweise schon sehr verunsichert.

Meiner aktuellen langjährigen Therapeutin Frau Doktor Urgemüt endlich konnte ich mich wie einer guten Freundin anvertrauen, ohne dabei jegliche Wertschätzung zu verlieren! Bei anderweitigen Sitzungen erfuhr ich auch, dass während der Zeit des Feudalismus' das Phänomen meiner Neigung öfters auftrat: Den Ammen der herrschaftlichen Häuser wurde meistens verwehrt, einen festen Freund zu haben. So erregten sich diese oft daran, dass sie die zu pflegenden kleinen Jungen intensiver intim berührten, als es nötig wäre ... Das löste bei vielen dieser Kinder später eine autopädophile Neigung aus.

Meiner Ansicht nach ist das nicht verwerflich, da ich letztlich gern ein »Baby« bin! Aber die damals Betroffenen dürften einen noch weit schwierigeren Stand in ihrem Umfeld gehabt haben …

Auto mit Schnuller

Exhibitionistisch motiviert war es sicher auch, als ich mir einen wunderschönen altmodisch beringten hellblauen Schnuller an meinen Schlüsselbund heftete. So kam ich mir ein bisschen wie ein Punker vor, der furchtlos Dinge zur Schau stellt, die ein anderer niemals zeigen würde. Solch rebellisches Verhalten gefiel mir seinerzeit, stand es doch im krassen Gegensatz zu meinem bisherigen Wesen, das von Schüchternheit bis Ängstlichkeit und Zurückhaltung geprägt war. Na ja, ich fand mich bis dahin viel zu artig und litt sehr darunter, besonders bei älteren Leuten, das Image eines lieben, sich immer korrekt verhaltenden, Musterknabens zu besitzen. Ich musste nun endlich mal klarstellen, dass ich sehr wohl auch meine eigenwilligen Ecken und Kanten hatte …

Da der Schnuller aber doch an meinem ohnehin schon recht dicken Schlüsselbund etwas störte, gab ich ihm bald am Autoschlüsselring ein neues zu Hause. Ich fand es auch recht cool, zum Beispiel an den Tankstellen meine damaligen Punkerambitionen ein wenig auszuleben. So zelebrierte ich für jeden deutlich sichtbar das von Hand Verschließen und Öffnen aller PKW-Türen und des Tankes, sodass sich kaum jemand der Betrachtung meines tollen Schnullers entziehen konnte.

Irgendjemand überzeugte mich allerdings davon, dass es nicht gut sei, pauschal bei allen Leuten – auch bei denen, die mir eventuell gar nichts getan haben – mit Gewalt anzuecken. Hinzu kam meine allmählich schwindende Sympathie zum Punkertum, da ich mich nicht mehr mit der oft anmaßend dreist hervorgetragenen Protesthaltung gegen alles und jeden identifizieren mochte und ich des Weiteren gelegentliches Angepasstsein ebenfalls im

Zusammenleben mit anderen als notwendig erkannte!

Auch bemerkte ich, dass dieses Zur-Schau-bei-sich-führen eines Schnullers bereits für den am Berliner Bahnhof Zoo grassierenden sogenannten »Babystrich« stand! Damit wollte ich natürlich nicht in Verbindung gebracht werden und räumte den Schnuller wieder dorthin, wo er hingehörte – zu meinem sonstigen »Babyequipment«.

Mein vorheriger Hang zum Punk kam bereits 1988 durch folgendes kleines Gedicht zum Ausdruck:

Jungen mit Ohrring

Schaust Du Dir junge Leute an,
dann kannst Du leicht erkennen,
so manches hat sich da getan.
Will Beispiele mal nennen:
Dies Mädel hier hat lila Haare,
der Knabe dort trägt rote Schuh,
am Halse sogar Modeware
und dann 'nen Ohrring noch dazu!

Ihr Älteren – zügelt euren Groll,
wenn ihr sie so erblicket.
Was aus der Jugend werden soll,
wie sie sich mal entwickelt,
hängt auch von eurem Zutun ab,
ob ihr sie mögt, ob ihr sie liebt!
Das Äußere ist doch nicht so wichtig,
wenn´s nur 'nen guten Kern umgibt …

Mein Trabi namens Pittiplatsch

Es trug sich zu, dass mein Auto den Geist aufgegeben hatte und ich wieder einen neuen fahrbaren Untersatz brauchte.

Die Annoncen der Tagespresse durchstöbernd fand ich schließlich einen Trabant 601, der meinem stets gebeutelten Geldbeutel entsprechen sollte.

Bei der Besichtigung in Potsdam-Waldstadt erkannte ich dann, warum das Fahrzeug wohl so billig war: Auf den ersten Blick kam es tatsächlich wie das hässliche Entlein schlechthin daher. Das Dach war schwarz und die sonstige Karosserie dunkelbraun und recht stümperhaft angestrichen, sodass man noch die Streichstriemen eines offenbar zur Farbgebung genutzten Pinsels deutlich ausmachen konnte.

Irgendwie spürte ich jedoch, dass der Wagen zu mir passte und ein geheimnisvolles gewisses Etwas ausstrahlte! So schlug ich zu und machte den Handel perfekt. Ich war auch noch nie ein Freund von langen Einkäufen ...

Bald darauf half ich einer »Kumpeline« beim Renovieren ihrer Wohnung. Unter anderem verarbeiteten wir dabei viel weiße Latexfarbe. Da kam mir plötzlich der zündende Gedanke, warum mein »schickes« Auto wohl dieses Antlitz hatte. Es wollte »Pittiplatsch« heißen und damit das liebste Spielzeug eines erwachsenen »Babys« sein! Hurtig nahm ich mit Erlaubnis meiner Freundin Pinsel und einen Eimer voll weißer Latexfarbe zur Hand und schrieb auf die Fahrerseite mit kühnem Schwunge und großen Lettern den wundervollen Namen des uns allen wohlbekannten braunen Kobolts aus dem DDR-Kinderfernsehen.

Und schon hatte ich das schönste Auto der Welt ...

Das Rotkäppchen von BMW

Wie ich finde, passte dazu wunderbar meine rote BMW-Mütze, die noch heute mein begnadetes Haupt ziert! Pittiplatsch sollte nun aufpassen, dass sein Rotkäppchen nicht zu weit vom Wege abkam …

Nein, eigentlich ist es nicht wirklich mein Stil, mit so einer Edelmarke wie BMW zu protzen. Doch hatte mein Papa mir diese Kappe kurz vor seinem Ableben geschenkt und sie sieht einfach so herrlich bescheuert aus, dass ich sie schon wieder genial finde. Für mich ist das einfach eine Demonstration dafür, für wie nebensächlich ich solche Äußerlichkeiten halte. So trage ich das Erbstück – egal, welche Mode gerade angesagt ist – in Ehren und habe damit ein Stück Seele meines Daddys stets bei mir.

Hebammenkoffer mit rosa Bändchen

In meiner Altenpfleger-Ausbildung erhielt ich während eines Praktikums ein Dienstköfferchen, das doch sehr an die Form der Hebammentasche erinnerte, welche der gute Kjeld von der Olsenbande immer mit sich führte.

Dieses durfte ich nach jenem Praktikum behalten!

Für mich natürlich eine famose Gelegenheit, mein eigenes Modelabel zu eröffnen. Ich fand einfach, dass ich nun dem Hang zu meiner dubiosen Zartheit Ausdruck verleihen musste. Das tat ich umgehend, indem ich ein rosafarbenes Bastbändchen am Griff meiner jetzt als Gebäudereinigerdiensttasche verwendetes Köfferchen fixierte.

Das warf bei manchem die Frage auf, was ich wohl in diesem mysteriösen Behältnis verbürge!?

Eigentlich war neben meiner Verpflegung und dienstlichen Gebrauchsgegenständen nichts besonderes darin. Als das jedoch mein Arbeitnehmer Max hinterfragte, bluffte ich mit der Antwort: »Schau doch hinein, wenn Dich nichts erschüttern kann ...« Er bevorzugte es, lieber keinen, möglicherweise Augen verblitzenden Blick zu riskieren.

Nun, meine Gebäudereinigungsfirma ging wegen eines Zerwürfnisses mit meinem Hauptauftraggeber bald pleite, weshalb ich dann aus Resignation mein Modelabel wieder änderte …

What's your favourite colour?

In Potsdam hielt ich oft Ausschau nach den Mormonen. Ich wusste nämlich, dass diese kostenfreie Englischkurse geben! Eine tolle Sache, für welche ich mich irgendwann einmal mit ehrenamtlichem Deutschunterricht revanchieren möchte. Zwar musste man ein bisschen aufpassen, nicht womöglich in eine Missionierung zu geraten, aber sonst waren die meisten dieser Sekte recht nette junge Amerikaner, die einen nicht dazu drängten, zwingend ihren Glauben annehmen zu müssen.

Meist unterrichteten sie zu zweit. Die Kurse waren immer recht unterschiedlich aufgebaut, doch wurde von all diesen oft aus Utah stammenden Studenten irgendwann stets die Frage gestellt: »What's your favourite colour?« (»Was ist deine Lieblingsfarbe?«) Meine Antwort lautete immer: »Pink«.

Daraufhin schielte jedes Mal der eine zum anderen und letzterer hob den Daumen und sagte begeistert: »Cool!«

Das zeigte mir wieder, dass heutzutage doch schon von manchen Männern ein wenig Zartheit zugelassen wird ...

»Und immer so adrett!«

Es gab doch tatsächlich Frauen, die mir die Fähigkeit absprachen, mich vernünftig anzuziehen! In der Tat legte ich nie viel Wert darauf, eine wohl abgestimmte Komposition und womöglich auch noch eine die gerade angesagte Mode berücksichtigende Zusammenstellung meiner Kleiderordnung zu beachten.

Zwar handelte ich mir dadurch schon oft verächtliche Blicke und Sprüche von vermutlich vorrangig RTL 2 Fernsehen konsumierenden Jugendlichen ein, doch nehme ich mir diesbezüglich lieber Albert Einstein zum Vorbild, der mit seinen ausgebeulten Trainingshosen von ahnungslosen Dorfbewohnern um sein Sommerhaus in Caputh ebenfalls als komischer, irrsinniger Kauz abgetan wurde.

Was mich betraf, nahm ich auch gern das Urteil jeder potentiellen »Mami« an, mich auf gar keinen Fall allein anziehen zu können.

Ironischerweise kommentierte ich beim Anblick irgendwelcher eigentlich nichts aussagenden TV-Darstellern meinem mich gut kennenden Kumpel Andrea Cappuccini gegenüber oft die Worte »Und wieder so adrett gekleidet.«

Doch kein »Baby«?

Irgendwann kam ich an einen Punkt, die Sinnhaftigkeit des Auslebens meiner »Babyfantasien« infrage zu stellen, denn so angenehm ich das »Babysein« auch immer fand, brachte es mir natürlich doch Nachteile und Einschränkungen in meiner Persönlichkeitsentwicklung.

Psychologisch hielt es mich zum Beispiel (teilweise beabsichtigt) immer klein. So ist es nicht verwunderlich, dass ich zwischenzeitlich als selbständiger Gebäudereiniger mit »Putzi« betitelt wurde und diesen Namen (später »Der Havelblütenputzi«) wie selbstverständlich als Firmenbezeichnung übernahm.

Für mich fand ich zwar die Erklärung, einfach statt den großen Unternehmer lieber bescheidenerweise den eben dienenden Dienstleister repräsentieren zu wollen, doch war die Annahme dieser Verniedlichung sicher von weiterreichender Ursache. Ein wenig hatte das wohl mit meinem Hang zu einer gewissen Trotteligkeit zu tun. Vielleicht war ich auch ein bisschen wie der berühmte Harlekin, der zwar durch seine alberne Putzigkeit gemocht werden wollte, in Wirklichkeit aber tief traurig war.

Es ist ein weites Feld, welches hier nicht bis ins letzte Detail ergründet werden kann und soll.

Ja, ich wollte schon aus meinem mir geschaffenen eigenen Kosmos ausbrechen und warf unter anderem mein gesamtes »Babyequipment« in den Müll!

Zum Glück war dieser Anfall bald wieder vorbei.

Es war eigentlich klar, dass dieser »Babyaspekt« schon viel zu stark in meiner Persönlichkeit verwurzelt war und diese ja doch harmlosen und niemanden schädigenden Triebe immer mal durchkommen würden.

Ich begann erneut, allmählich alles »Säuglingsaffine« wieder zu beschaffen und zu meinen zarten Trieben praktizierenderweise zu stehen. Nun war ich ja durch mein Teil-Outing nicht mehr so ganz allein damit gelassen ...

Ich will auch ein wenig Pionierarbeit leisten, dass für diese Spielart mehr gesellschaftliche Akzeptanz erzielt wird.

Der is nich janz dicht ...

Diese oft gemachte Aussage über mich bezog sich leider selten auf meine Neigung, von der ja sowieso bislang immer noch die meisten nichts wussten.

Tja, es reizt mich immer wieder, als Fan des ironischen Humors den »Hein Blöd« zu spielen. Und ich gefalle mir sogar in dieser Rolle ... (Wahrscheinlich, um mich unterbewusst vor zu hohen Erwartungen zu schützen.)

Hier und jetzt möchte ich jedoch erklären, dass ich gar nicht dumm, sondern ein relativ intelligentes »Baby« bin. Dafür kann ich genügend Referenzen vorweisen. Nun kommt auch noch gerade die eines Buchautors hinzu.

Vom Entdecker zum »Profibaby«

Durch das »Babygum« wurde ich erstmals damit konfrontiert, dass es inzwischen neben den Sanitätshäusern auch auf genau meine Zielgruppe ausgerichtete Spezialgeschäfte gibt, die aber meist zusätzlich den Bedarf der noch häufiger vorkommenden reinen Gummifetischisten abdecken.

Ein Versandhaus kombinierte allerdings auch den Bedarf für »normale« Pflegebedürftige mit dem für »Erwachsenenbabys«.

In meinem näheren Umfeld kamen damals die beiden Berliner Filialen namens »Danys Shop« zur Bereicherung meines Equipments in Frage. In dem Charlottenburger Laden, der eigentlich im Gegensatz zu dem in Alt-Biesdorf mehr auf »Gummi« denn auf »Baby« ausgerichtet war, bezog ich zunächst immer die jedes Vierteljahr neu erschienene »Babygum«-Ausgabe. Dieses Geschäft war nämlich wesentlich schneller von meinem damaligen Wohnort Potsdam zu erreichen.

In den anderen Shop verschlug es mich nur zweimal. Da störte es mich anfangs schon ein wenig, dass der Handel dort mit einem Mann zu betreiben wäre und dass die Sachen auch sündhaft teuer waren. Später, als es mir nicht mehr so viel ausmachte, gegebenenfalls mit Männern über meine kleine Schwäche zu kommunizieren, besuchte ich den Alt-Biesdorfer »Babyladen« noch einmal zusammen mit Gesine, einer interessanten Annoncenbekanntschaft aus der »Zweiten Hand«. Da konnte ich mich dann auch entschließen, dort einige nette Gummi- und Latzspielhosen zu erwerben.

Szenenwechsel: Ich war damals ein regelrechter Fan der »Zweiten Hand«. Zum einen wegen der Vielfältigkeit der übersichtlich gegliederten Rubriken, zum anderen aber natürlich auch, weil sie mir, genau wie das »Babygum« eine wunderbare Plattform bot, meine bizarren Träume darzubieten und teilweise in die Realität umzusetzen. Zudem war die Zeitung auch vom Preis her angemessen erschwinglich. Aus Dankbarkeit betätigte ich mich eine Weile, übrigens, ohne dass es sich für mich finanziell und damit zusammenhängend vom Zeitaufwand lohnte, als Straßenverkäufer des begehrten Blattes. So konnte ich auch ein wenig sicherer stellen, dass meine Annoncen wirklich gelesen wurden …

Was das »Babygum« betraf, entdeckte ich bald einen Potsdamer Erotikladen, der dieses Insiderjournal führte und wo ich die eigentlich sehr teure Zeitschrift noch wenige Male kaufte.

Immerhin erfuhr ich durch das kostbare Journal nun unter anderem, dass man sich im Rotlichtmilieu eine sogenannte »Babybehandlung« angedeihen lassen konnte. Dieses beanspruchte ich dann auch bald erstmals im Berliner »Tempel der grausamen Lust« Es war fantastisch! Aber auch recht teuer, sodass ich derartiges nur noch zwei mal bei mir zu Hause, sowie einmal in einem anderen Bordell mitmachte und von da an lieber an der Idee bastelte, selbst so eine Dienstleistung zu einem aber erschwinglichen Preis anbieten zu wollen.

Das setzte ich dann schließlich auch über das »Babygum«, welches unter anderem einen entsprechenden gewerblichen Kontaktanzeigenteil beinhaltete, in die Tat um. Im Vorfeld fand ich über die »Zweite Hand« Romy und Gilbert, ein junges Paar, bei dem die Frau Windelfetischistin war und der Mann uns als Voyeur bei der Behandlung zuschaute und fotografierte. Die Fotos verwandt ich dann zum Teil bei meinen professionellen Annoncen.

Zehn Baby- und Windelbehandlungen realisierte ich tatsächlich über diese Inserate, bei welchen ich, je nach Bedarf, unterschiedliche Rollen einnahm: Mal die des strengen Onkels, der wegen des Einnässens den Teppichklopfer zur Züchtigung bemühte, mal wählte ich die eher zärtliche Variante ... Alles aber ausdrücklich im vorherigen beiderseitigen Einvernehmen, das in der Regel mein durch mich bereits gewickelter Kunde bei einem Kaffee mit mir herstellte. Es trafen sich allerdings zunächst nur männliche Personen mit mir zu ihrer Behandlung, obwohl ich meine Dienstleistung auch ausdrücklich für Frauen anbot! Zunächst gestaltete ich mein Nebengewerbe als Hausbesuchsdienst.

Nachdem mich dabei jedoch mal eine Autopanne ereilte, beschloss ich, mich der Nebenkosten wie zum Beispiel dem Spritgeld und den hierbei zusätzlich leicht möglichen Unwägbarkeiten zu entledigen und lud die »Babys« nun lieber zu mir nach Hause ein. Das klappte ganz gut, obwohl es mir nie gelang, einen optimalen Behandlungsraum einzurichten.

Abenteuerlicherweise kam mir plötzlich die Idee, eine zusätzliche Wohnung in Berlin anzumieten. Das rentierte sich jedoch überhaupt nicht, denn es kamen trotz der besseren äußeren Bedingungen nicht mehr »Babys« als sonst. Ein weiteres Problem war, dass das für die Kundschaft vorgesehene »Babyequipment« nicht allen Fantasien meiner Klienten gerecht wurde. Mal bevorzugte man zum Beispiel eben doch Pampers beziehungsweise die Farbe oder Bemusterung der Gummihosen wurden anders gewünscht und so weiter und so fort …

Außerdem waren die Konfektionsgrößen zu unterschiedlich. Ergo startete ich einen Aufruf über das »Babygum«, mir doch für meine wunderbare Dienstleistung ein paar Sachspenden zukommen zu lassen. Und tatsächlich erhielt ich daraufhin einige Päckchen voller unterschiedlicher Windeln, Gummihosen, Wickelfolien, Schnuller, ach, von allem etwas in verschiedenen Größen ...! Dafür nochmals ein ganz dickes Dankeschön.

Parallel zu meinem aufregenden neuen Job suchte ich weiterhin privat nach meiner »Mami« beziehungsweise meinem »Babygirl«. Diesbezüglich leuchten mir in meiner Erinnerung sofort zwei außergewöhnliche Frauen entgegen: Die verrückte Rita (»verrückt« betrachte ich aber eher als Kompliment) und eine liebe Zigeunerin. Rita stammte aus dem Düsseldorfer Raum und war früher selbst im Rotlichtmilieu aktiv. Somit sorgte sie gleich wieder für eine Verquickung des Privatbereiches mit dem Business. Sie befürwortete es unter anderem, sich mit mir zusammen einem größeren Bordell anzuschließen und dort ein eigenes Behandlungszimmer einzurichten. Zu diesem Zwecke besuchten wir ein Potsdamer Etablissement. Die Gespräche mit den dort arbeitenden Models waren sehr aufschlussreich. So mussten diese Mädchen zum Beispiel einen ziemlich hohen Mietpreis an den Zuhälter bezahlen! Auch von vermeintlich notwendigen umfangreichen Umbaumaßnahmen für mein Ansinnen war die Rede, sodass ich lieber Abstand von der Idee nahm, mich dort einzumieten.

Das war auch gut so, denn das illegal betriebene Freudenhaus wurde bald von der Staatsanwaltschaft geschlossen.

Ein bis zwei »Privatbabys«

In dieser Zeit begleitete ich einige Male eine an multipler Sklerose erkrankte Annoncenbekanntschaft zur tollen Kanareninsel Lanzarote. Die etwa 48-jährige Angela war an den Rollstuhl gefesselt und suchte für schmales Geld eine sie pflegende private Begleitperson, um mit dieser eine schöne Zeit in ihrem sich in Playa Blanca befindlichen

Appartement zu verbringen. Das fand ich, der ja bis dato kaum was von der Welt gesehen hatte, grandios. Vor allem die Aussicht, vielleicht sogar noch die Angela windeln zu dürfen ... So brachte ich in meiner bewerbenden Zuschrift gleich zum Ausdruck, dass es für mich als gelernter Altenpfleger kein Problem ist, wenn die Frau möglicherweise inkontinent sei. Und ich hatte Glück, sie war inkontinent.

Ich durfte sie dreimal für insgesamt viereinhalb Monate nach Lanzarote begleiten!

Nach einer gewissen Eingewöhnungszeit gestattete sie mir auch, mich in Windeln und Gummihosen neben sie zu legen. Natürlich musste ich in diesem Fall neben ihren auch meine Windeln selbst wechseln.

Doch, was machte Rita? Sie flog auch auf »unsere« Insel, um uns mit einem Besuch zu überraschen.

Da der morgendliche Pflegeaufwand immer sehr erheblich war, musste Rita nach ihrem urplötzlichen Auftauchen sehr lange auf uns warten. Ich war nun in Erklärungsnot, konnte aber versichern, unserem hohen Besuch nicht die Adresse gegeben zu haben! Allerdings erwähnte ich Rita gegenüber den Ort Playa Blanca, was sich leider als zu viel erwies ...

Angela war zwar nicht sehr erfreut über den jähen Einschnitt in ihrem gewohnten Tagesablauf, ließ sich aber auf ein kleines Kaffeekränzchen mit der »Nebenbuhlerin« ein ... Selbstverständlich verabschiedeten wir Rita dann, da mich die dauerhafte Betreuung **einer** Frau schon genug forderte ...

Ein Vierteljahr später revanchierte ich mich mit einigen Gegenbesuchen.

Obwohl Rita an mir immer etwas auszusetzen hatte, mochte sie mich wohl auch und ließ sich nun in ihrer damaligen Berliner Heimat auf seichte sexuelle Spielchen ein, die sowohl ihren als auch meinen Bedürfnissen gerecht wurden. Wir kamen aber nie über Intimrasuren, in einem Fall übrigens extra als Inszenierung für eine neugierig in die gardinenlose Wohnung blickende Nachbarin und Stillen hinaus.

Etwas anders verhielt es sich mit der deutschen Zigeunerin Dascha.

Sie war durchaus von der Idee, mein »Baby« zu sein, angetan und ließ sich von mir wickeln und trockenlegen. Auch machte sie Anstalten, an meiner Brust saugen zu wollen, was in mir allerdings seltsame, befremdliche Gefühle auslöste.

Wir hatten eine schöne Zeit miteinander, ob in der Berliner Wagenburg, in ihrem Hanomag oder ihrem Treckeranhänger in Aschaffenburg ...

Leider war sie zu sprunghaft, um eine ernsthafte Beziehung mit mir aufrechtzuerhalten.

Mehr rosa oder mehr hellblau?

Die Thematisierung des gelegentlichen Rollentausches inspiriert mich zu folgendem Resümee: Mein Fazit, ob es wohl mehr Frauen oder Männer mit meiner Neigung gäbe, ist, dass es sich wahrscheinlich fast die Waage hält und nur damit recht unterschiedlich umgegangen wird.

Männer scheinen in der Regel offener ihr besonderes Faible auszuleben und zeigen zuweilen gar exhibitionistische Züge dabei. Dieses Buch ist vielleicht ein Beleg dafür!?!

Frauen dagegen bewahren meiner Erfahrung nach meistens eine gewisse Scham für diese Schwäche und agieren diesbezüglich eher versteckt.

Einige private unentgeltliche »Windel- und Babybehandlungen« durfte ich auch an Frauen vollstrecken, was für mich als Ehrenamt letztlich völlig in Ordnung war. Auch das konnte ich natürlich sehr genießen!

Ansichtssache

Doch eigentlich ist in meinem speziellen Fall im privaten Umgang die »Babyrolle« für mich der

Klassiker. Verwundert war ich nur, wenn des Öfteren einige Frauen es befürworteten, mich zu windeln, ich aber um Gottes Willen nicht einnässen sollte!?! Als »erwachsenes Baby« kam es mir jedoch schon zu einem erheblichen Teil darauf an, das Trockenlegen zu genießen ...

Im Rollentausch hatte ich das selbstverständlich meinem Klientel zugestanden, die Windeln ihrem Zweck entsprechend zu benutzen. Ein konkretes »Drehbuch« wurde während des Genusses eines Kaffees mit mir kreiert.

Unverwirklichte Träume

Leider brachte ich nie die Energie auf, ein ordentliches Behandlungszimmer einzurichten und eine weibliche Mitstreiterin zu organisieren. Rita war beispielsweise nicht mehr auffindbar und konnte sich auch damals schon nicht für die Idee der »Ich-AG« erwärmen ...

Nun, man könnte sich ja diesen Traum noch erfüllen, oder!? In Potsdam wollte ich auch schon immer mal einen Erotikladen eröffnen.

Er sollte »BIZARRE EROTIKTRÄUME« heißen und unter anderem alle Produkte der »Erwachsenenbabywelt« führen. Ein entsprechendes Logo malte ich bereits auf das Glasoberteil meiner Küchentür und ich kontaktierte schon potentielle Zulieferfirmen. Des Weiteren hielt ich immer wieder einmal Ausschau nach einer passenden Immobilie für meinen angedachten »Babyladen«. Auch die Kombination mit einem »Behandlungsraum« zog ich in Erwägung. Dafür fand ich in Potsdam durchaus interessante Objekte, doch war die Mietfinanzierung nicht gesichert.

Ich führte noch in diversen Banken Gespräche wegen eines Kredites. Die Investitionsbank zeigte sich dank meines in dieser Sache damals sehr engagierten und gut zuarbeitenden Steuerbüros dem Projekt gegenüber durchaus aufgeschlossen, wollte aber nur durch das Involvieren einer anderen Bank freies Geleit dafür gewähren ... Leider hieß es in allen weiteren durch mich kontaktierten Geldinstituten, man könne mein Vorhaben aus »geschäftspolitischen« Gründen nicht unterstützen.

So bemühte ich mich um einen privaten Investor und geriet dabei an einen Kreditbetrüger. Mit damalig in dieser Beziehung typisch östlicher Naivität (als »Ossi« darf ich das sagen) gab ich ihm den angeblich nötigen Vorschuss zur Kreditbeschaffung und laufe noch heute nach 18 Jahren, trotz des Besitzes eines Vollstreckungstitels, den der jetzigen Währung entsprechenden circa 1000 Euro hinterher.

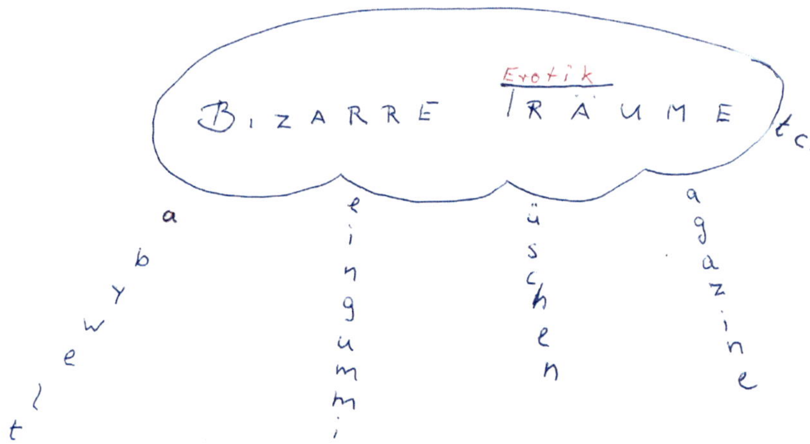

Geschäftslogo

Zeitweiliges Intermezzo als »Stino«

Was meinen etwas exotischen Nebenjob als »Wickelbruder« betraf, frustrierte es mich dann doch, dass sich meistens nur Vertreter des männlichen Geschlechtes von mir versorgen ließen. So fokussierte ich meinen Broterwerb zunächst wieder auf andere Lebensbereiche. Wir erinnern uns: »Stino« stand seit den Achtzigern für »Stinknormalo« ... Ich besann mich meines einst erlernten, relativ stinknormalen Drittberufes Altenpfleger. Naturgemäß kam ich hier erneut mit Aspekten meiner dubiosen Leidenschaft in Berührung. Es kam nun darauf an, dass ich mich während der meinen Klienten anzugedeihenden Körperpflege, insbesondere beim Windelwechsel, nicht auffällig benahm, um meinen Arbeitsplatz nicht gleich wieder zu verlieren ... Das gelang mir auch recht gut.

Unterberührt

In der Altenpflege arbeite ich nun wieder seit etlichen Jahren, ohne mich jedoch auch hier in vollkommener Glückseligkeit angekommen zu fühlen! Die sich im Intensivpflegebereich etablierten 12-Stunden-Schichten, sowie immer wieder auftretende Unregelmäßigkeiten bei Entlohnung, Dienstplanänderungen und sonstigem Missmanagement machten und machen mir sehr zu schaffen.

Allerdings muss ich gerechterweise gestehen, dass ich jetzt auch mit einigen Annehmlichkeiten wie nettem Umfeld und im Verhältnis zum Gehalt wenig körperlich schwerer Arbeit bei der Einzelpflege im privaten Haushalt gesegnet bin ...

Selbst zum Hochziehen des Klienten in Richtung Kopfende haben wir nun ein elektrisch funktionierendes Hilfsmittel, das einem Förderbande gleich diesen Transfer für uns Pflegekräfte erledigt!

In einschlägiger Branchenliteratur las ich nun, dass es einen neu aufkommenden Berufszweig gibt: den der Sexualassistenz für körperlich oder geistig eingeschränkte erwachsene Menschen! Das fände ich spannend, auch solchen Klienten – ob Männern, ob Frauen et cetera – zu sexuellem Glücke zu verhelfen. Schließlich hätte ich ja als Altenpfleger, sowie durch meine extravagante Nebentätigkeit, auch gewisse Referenzen vorzuweisen ...

Ich fand auch die Kontaktadresse einer berühmten aus Holland stammenden Frau, die schon einiges zu dem Thema publiziert hatte und sogar ganz in meiner Nähe wohnte. Frau Nina de Vries gab mir bei meinem Besuch vor etwa viereinhalb Jahren interessante Einblicke in die Sexualassistenz und inspizierte natürlich auch meine Persönlichkeit auf Eignung für diese neue potentielle Profession. Ihres Erachtens würde mehr für als gegen die Erlernung dieses für mich dann vierten Berufes sprechen. Nur gab sie zu bedenken, dass ich ihrer Meinung nach »unterberührt« sei und wohl den souveränen Körperkontakt noch üben müsste.

Meine Erfahrungen aus der »Rosalichtszene« wollte ich wegen eines noch erst aufzubauenden Vertrauensverhältnisses ihr gegenüber zunächst nicht entgegen halten … Es wären anscheinend auch noch einige finanzielle Investitionen von Nöten, sodass ich diese ja auch ins Privatleben eingreifende Umorientierungsidee dann doch verworfen habe.

Ob das Schreiben wohl was wär?!

Gut vorstellen könnte ich mir auch, nun die Schriftstellerei als neuen Beruf zu betreiben!

Die Idee für ein englischsprachiges Werk spukt bereits seit geraumer Zeit mich immer wieder mal auf meinen Reisen begleitend als Geist zwischen Indischem Ozean und Pazifik herum und möchte nun 2020 auf trockenen Buchseiten stranden.

Um dabei nicht dem Hungertod anheimzufallen, würde ich mich wohl nebenher der Briefträgerei widmen. Einschlägige Erfahrungen im Kurierdienst habe ich ja bereits!

Analoger Junge in einer digitalen Welt

In Anlehnung an den Countrysong »Sie war ein analoges Mädchen« sah ich mich als den analogen »Jungen« in dieser digitalen Welt. Stets hadernd mit dem kompliziert gewordenen Computerzeitalter erschloss ich mittlerweile aber auch hier allmählich mein Traumreich.

In den entsprechenden Kontaktseiten bin ich nun mit vielen Frauen zugange, mit denen ich aber fast ausschließlich verbal über meine Neigung kommuniziere oder rein fiktiv Rollenspiele betreibe. Anfangs lag es daran, dass Realkontakte meistens nur durch Entrichtung irgendwelcher Clubbeiträge möglich waren, die ich mir jedoch nicht leisten wollte.

Inzwischen brach sich nunmehr die Liebe zu meiner philippinischen Freundin Lilia bahn, die ich nebenbei gesagt auch über das Internet kennenlernte, womit sich natürlich körperliche Kontakte zu anderen Frauen weitestgehend erübrigen.

Noch als »Junggesellenbaby«

Mein letzter intimer Fremdkontakt bestand vor vier Jahren in der Harmlosigkeit, als »Säugling« von Mama Wendy, einer charmanten Internetbekanntschaft, fungieren zu dürfen, die das Saugen sehr genoss und dabei zärtlich, aber recht andauernd, überprüfte, ob ich denn noch trocken sei?

Auf diese Weise wurden natürlich auch bald die Windeln nass ...

Ich bin am Ziel

Nun hab ich inzwischen meine liebe philippinische Verlobte, die ausdrücklich möchte, dass ich nicht nur bald ihr Ehemann bin, sondern auch ihr »Baby« bleibe!

Ich würde sagen, nun mein großes Glück gefunden zu haben.

»Danach

Es wird nach einem Happy End im Film jewöhnlich abjeblendt …« (Kurt Tucholsky, Danach). Das mag im Film »jewöhnlich« stimmen, aber außergewöhnlicherweise darf ich hier sicherlich eine kleine Prognose für meinen weiteren Werdegang wagen!?

Nicht jeder wird meinen hier hingelegten Seelenstriptease gutheißen und mancher mir eventuell auch die Freundschaft kündigen. Doch meine ich, durch das Schreiben dieses Buches ein ganz winziges bisschen Weltoffenheit vorgelebt zu haben.

Vielleicht kann nun die eine oder der andere Menschen wie mich besser verstehen und ein möglicherweise bislang gepflegtes abfälliges Urteil über meinesgleichen revidieren. Ich war einfach nur mal so frei, das offenzulegen, was sich wahrscheinlich tief versteckt so oder ähnlich in vielen Biografien abgespielt hat …

Nun kann ich mir sogar vorstellen, hiermit neue Freunde und Freundinnen zu gewinnen.